Dauphins en péril

L'auteur : Jean-Marie Defossez est né en Belgique en 1971. Il vit aujourd'hui en France. Docteur en zoologie et engagé depuis toujours dans la protection de l'environnement, il est convaincu que ce sont les enfants qui permettront d'arrêter l'actuel saccage de la nature, qui est pourtant notre grande maison à tous. C'est pourquoi il écrit et propose des miniconférences pour sensibiliser la jeunesse. Avec cette série qui permet de se glisser dans la peau et le ressenti des animaux, il invite les lecteurs à devenir défenseurs et porte-parole de tous les êtres vivants. Chez Bayard Jeunesse, il est notamment l'auteur de *Attention, fragile !* et *Mon aventure sous la terre*, dans la collection « J'aime lire ». Il a créé un site Internet pour sensibiliser ses lecteurs à la cause animale : **www.bionautes.net.**

L'illustratrice : Diane Le Feyer est illustratrice pour la presse enfantine depuis bientôt dix ans. Elle travaille également dans les univers du dessin animé, des séries télévisées et de la publicité, en France, au Royaume-Uni et en Irlande. Pour Bayard Jeunesse, elle a illustré plusieurs novellisations de dessins animés, dont *Mark Logan* (collection Estampillette).

© 2013, Bayard Éditions
Dépôt légal : janvier 2013
ISBN : 978-2-7470-3923-9
Sixième édition

Dauphins en péril

Jean-Marie Defossez

Illustré par Diane Le Feyer

bayard jeunesse

Nous sommes en 2100.

Depuis deux cents ans,
les humains détruisent la nature.

Dans son laboratoire,
le professeur Groscerveau a décidé d'agir.

 Il a engagé Noé et Lisa, et a créé
la combinaison bionautique,
qui leur permet de se transformer
en animal ou en végétal.

Grâce à cette formidable invention,
ces deux enfants de dix ans
sont devenus d'incroyables agents
secrets, à la fois défenseurs des animaux
et explorateurs de la nature.

Ils sont surnommés « **les Bionautes** ».

Bonjour !

*Moi, c'est **Noé**, et j'ai la chance d'être l'un des deux Bionautes. C'est moi qui vais vous raconter notre incroyable aventure au milieu des dauphins. Mais laissez-moi d'abord vous présenter toute l'équipe...*

Lisa

Voilà ma coéquipière. Elle est très forte en action, en connaissance des animaux et en acrobaties dans sa navette... Accrochez-vous bien !

Le professeur Groscerveau

C'est un personnage mystérieux. Mais je sais l'essentiel sur lui : il consacre toute sa vie à la sauvegarde de la nature. Lisa et moi travaillons pour lui.

Miss Klay

L'assistante du professeur Groscerveau est une jolie femme très sympathique. Son seul défaut : les petits plats qu'elle prépare sont vraiment spéciaux !

Tank

Le robot-majordome du professeur Groscerveau est sa première invention. Il a un problème de fabrication... quand il parle, il inverse les lettres !

1
Une mission
pas gâteau !

– Joyeux anniversaire, Noé !

Pour mes dix ans, ma mère a préparé un crémeux aux pommes. C'est un gâteau plein de crème chantilly. J'ADORE !

Il n'a qu'un seul défaut : il est mou. Au moment où je souffle les bougies, elles se couchent dans la crème comme des arbres fauchés par une tempête.

Mon père hausse les sourcils et s'exclame :

– Quel souffle !

Ma grande sœur, Julie, intervient. Elle a trois ans de plus que moi.

– Ce n'est pas grave, décrète-t-elle. Ça ne changera rien au goût !

Elle se précipite pour redresser les bougies et en profite pour se lécher les doigts. Hum, hum... je ne suis visiblement pas le seul à apprécier la chantilly !

Je salive en voyant ma mère nous servir des parts généreuses.

– Noé, à toi l'honneur ! déclare mon père.

Je brandis ma cuillère, prêt à me régaler et...

BIIIIP ! Mon alarme de Bionaute, que je porte toujours à ma ceinture, sonne.

– Oh, non ! dis-je. Pas au moment où je m'apprête à déguster mon dessert préféré !

Pourtant, si le professeur Groscerveau m'appelle, c'est qu'il y a urgence. Je prends la communication. Le professeur débite à toute allure, comme à son habitude :

– Noé ! J'ai une mission de la plus haute importance à te confier. Saute dans ta navette et rejoins-moi au plus vite où tu sais. Je t'expliquerai.

J'adore la nature, j'ai une chance incroyable d'avoir été choisi pour être Bionaute, et je suis toujours prêt à m'envoler aux quatre coins de la planète pour sauver des animaux. Mais aujourd'hui, j'ai aussi très envie de savourer mon gâteau d'anniversaire.

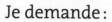

Je demande :

— Professeur, excusez-moi, vous ne pourriez pas faire appel à Lisa ?

Il me rétorque du tac au tac :

— Elle est déjà prévenue. Vous travaillerez ensemble, ce sera moins risqué.

Et, toujours aussi rapide, il coupe la communication.

Ma mère a entendu notre conversation.

— Ne t'inquiète pas, dit-elle. Je vais mettre ta part dans le frigidaire. Tu la dégusteras à ton retour.

Je suis soudain jaloux de ce frigidaire. Durant des heures, ce veinard va avoir le ventre rempli de mon délicieux dessert.

Heureusement, il en faut plus pour briser mon enthousiasme. Je m'écrie :

– Allons, je suis un Bionaute ! Mon devoir est de protéger la nature coûte que coûte !

D'un pas énergique, je me rends dans ma chambre. Je prends place sur le siège de mon bureau et clique cinq fois à gauche et trois fois à droite sur la souris de mon ordinateur. Instantanément, le plancher s'ouvre et mon siège s'engage sur un rail spécial pour descendre jusqu'à la cave secrète qui abrite une mini-navette construite par le professeur.

J'enfile mon casque à visière, allume les moteurs, les laisse chauffer quinze secondes. Si vous ne le faites pas, ils explosent ! Je n'ai plus ensuite qu'à commander l'ouverture de la trappe extérieure dissimulée sous la pelouse du jardin, et je m'envole vers l'aventure !

L'activité des Bionautes doit rester secrète. Ma navette est donc équipée d'un système qui la rend invisible dès que j'appuie sur le bouton « furtivité ». Ainsi, personne ne peut me voir filer à toute allure au-dessus des immeubles. Je veille bien sûr à éviter les fils électriques et les éoliennes dont le ciel est truffé. Je dois aussi prêter une grande attention aux oiseaux : eux non plus ne peuvent m'apercevoir, et ma vitesse est celle d'un TGV !

2
Un laboratoire bien caché

Le professeur réside près du château de Versailles. Moi, j'habite à Saint-Maur, de l'autre côté de la région parisienne. En volant à trois cents kilomètres/heure, le trajet est fait en un clin d'œil. À peine le temps d'admirer la tour Eiffel sur ma droite, et le château du Roi-Soleil entouré de son immense parc apparaît déjà.

J'amorce ma manœuvre d'atterrissage.

Soudain, l'écran intégré à la visière de mon casque me signale qu'une autre mini-navette invisible arrive sur ma droite. C'est

Lisa, ma coéquipière! Elle effectue une vrille pour me saluer, fonce sous deux gros arbres et, après un virage stupéfiant, se pose avant moi dans le jardin du professeur.

Je n'ai pas son talent pour les acrobaties aériennes. Chacun son domaine! Lisa excelle en action et en connaissance des animaux. Mes spécialités, ce sont les enquêtes, la technique et les bêtes qui mordent ou qui piquent.

J'atterris donc sagement et sors de mon appareil. Lisa m'attend à côté de sa navette, une main cachée derrière le dos. Je l'observe un instant. Elle porte des chaussures de sport jaunes, un jean kaki et un T-shirt rose sur lequel il est écrit : *Vive la vie!* Elle a attaché ses cheveux blonds avec un chouchou. Comme toujours, son regard pétille. Elle est si jolie que mon cœur fait trois loopings.

– Euh, s... salut, dis-je.

Quel nigaud je suis! Au lieu de lui faire la bise, de dire quelque chose de malin ou de drôle, me voilà en train de bredouiller. Qu'est-ce qui m'arrive?

Très à l'aise, Lisa me répond avec un petit sourire:

– Salut, Noé! Ça roule?

Je n'ai pas le temps de répondre que, oui, ça roule et même... ça vole! D'un geste énergique, Lisa me tend une boîte au couvercle transparent. Un coup d'œil me suffit pour identifier son contenu. Il s'agit de crémeux aux pommes!

– Bon anniversaire! s'exclame-t-elle.

Elle m'embrasse sur les deux joues et déclare:

– Je l'ai préparé moi-même! C'est ton dessert préféré, n'est-ce pas?

Trop surpris pour parler, j'acquiesce d'un hochement de tête. Elle ajoute:

– Je comptais l'amener chez toi, mais j'ai été appelée par le professeur. Porte-le en vitesse dans ta navette, tu le mangeras plus tard. Le professeur doit s'impatienter.

Je cours déposer le précieux cadeau de Lisa sur mon tableau de bord, et nous nous dirigeons vers la maison.

Le laboratoire du professeur Groscerveau est secret et bien protégé. À peine avons-nous sonné que Tank, un robot énorme, au corps comme une boîte de conserve et aux yeux globuleux, ouvre la porte. C'est le professeur qui l'a construit. Il en est très fier.

– **T**on**c**rôle d'**it**en**d**ités, fait Tank d'une voix hachée.

Hum... il a encore besoin de quelques réglages, on dirait ! Nous lui présentons la main afin qu'il identifie nos empreintes digitales et scanne notre ADN.

– **Vien**benue à vous, **Hon**é et **Si**la, dit-il
après nous avoir reconnus. Vous **vou**pez
sapper.

Nous avançons dans le couloir, jusqu'à
un passage secret dissimulé sous un vieil
escalier de bois. Derrière, un ascenseur
ultrarapide, qui vous remue l'estomac
aussi sûrement que des montagnes russes,
nous emmène trente mètres sous terre.

Les portes métalliques s'ouvrent. La jolie Miss Klay, l'assistante anglaise du professeur, nous accueille.

– *Bonjourw*, mes *chérwis*, lance-t-elle avec l'accent de son pays. Voulez-vous un de mes nouveaux cookies ? Ils sont aux *corwnichons* et aux endives *couites*.

Miss Klay est adorable, mais ses recettes sont horribles.

– Euh... c'est très gentil, dis-je. Mais... nous n'avons pas très faim.

– Une *prwochaine* fois, peut-*êtrwe* ?

– Oui, approuve Lisa. Une prochaine fois...

Nous nous éloignons en vitesse et entrons dans le bureau du professeur.

3
Un mystère
à éclaircir

Le professeur Groscerveau se tient derrière sa large table de travail munie de trois claviers et équipée de sept écrans d'ordinateur. Il est vêtu comme d'habitude de sa blouse blanche de laboratoire. Il règne une atmosphère étrange dans cette pièce aux murs noirs, nus et sans fenêtre. Les seules décorations sont quatre cadres numériques où défilent des photos d'espèces animales disparues à cause des humains.

– Ah, mes chers Bionautes ! s'exclame le professeur. Entrez !

Je le connais depuis longtemps. Pourtant, avec sa moustache fine, ses yeux bleus lumineux et la longue cicatrice qui court de son front jusqu'au bas de sa joue gauche, le personnage m'impressionne toujours autant. Son visage me fait penser à celui d'un pirate. Un pirate qui, hélas, ne risque plus de se lancer à l'abordage, car il se déplace en fauteuil roulant électrique.

Le professeur nous invite à nous asseoir. En pressant une touche du clavier relié à son fauteuil, il commande l'allumage d'un écran holographique géant intégré dans le carrelage. Cet écran projette des images en 3D, si parfaites qu'elles ressemblent à la réalité.

Nous voyons apparaître devant nous trois dauphins, superbes, en train de nager au raz de l'océan. En 2100, les cétacés – c'est-à-dire les baleines et les dauphins – sont devenus très rares. Lisa et moi nous redressons sur nos sièges, fascinés par ces animaux magnifiques. Ils filent sans effort, presque comme par magie, en direction d'une plage située à l'embouchure d'un large fleuve. De temps en temps, ils laissent leur tête émerger de l'eau pour respirer.

Le professeur commente d'une voix grave :

– Ce film en 3D a été tourné il y a quelques heures en Australie par l'un de mes mini-satellites. Comme vous pouvez le voir, il s'agit de grands dauphins, aussi nommés « tursiops ».

Les images sont splendides. Mais ce n'est pas pour nous montrer un gentil documentaire animalier que le professeur a réclamé notre présence.

Lisa et moi poussons soudain un cri.

Au lieu de s'arrêter au large du rivage, les trois tursiops viennent de s'échouer sur la plage. Ils ne sont pas seuls. Quatorze autres dauphins, de plusieurs espèces, gisent sur le sable. Les cétacés sont des mammifères, comme nous, mais ils ne peuvent pas vivre hors de l'eau. Ils y étouffent, écrasés par le poids de leur corps qui n'est plus porté par l'eau. En plus, leur peau se dessèche et brûle au soleil.

Quelques hommes sont sur place. Avec des cordes, des filets et des canots à moteur, ils tentent de remettre les animaux dans la mer. Malheureusement, les dauphins reviennent exprès s'échouer sur la plage, comme s'ils avaient décidé de mourir...

Le spectacle est si triste que j'en ai les larmes aux yeux. Lisa aussi est bouleversée.

– Qu'est-ce qui leur prend ? murmure-t-elle d'une voix tremblante.

– Des spécialistes ont procédé à des analyses, explique le professeur. Ils ont découvert que ces dauphins sont contaminés par des produits chimiques utilisés autrefois par certaines entreprises. Ces produits sont aujourd'hui interdits, car il est prouvé qu'ils rendent les êtres vivants malades. La police australienne a effectué des prélèvements d'eau afin de localiser l'origine de cette pollution. Les résultats sont incompréhensibles : les polluants apparaissent au large d'un fleuve, à un endroit sans usine et sans habitation.

– Il y a peut-être des bidons jetés au fond et qui fuient ? suggère Lisa.

– J'y ai songé aussi, poursuit le professeur, mais la zone a été ratissée par plusieurs bateaux et passée au sonar. Vous savez, ce sont ces espèces de radars qui fonctionnent sous l'eau. Il n'y a aucun bidon. Des plongeurs équipés de bouteilles pour respirer sous l'eau ont voulu aller vérifier. Hélas, l'eau est très trouble à cause du fleuve tout proche qui apporte sans cesse de la boue. Ils sont remontés à la surface sans avoir rien vu du tout. J'ai donc décidé de faire appel à vous.

Lisa et moi hochons la tête. Nous sommes prêts pour la mission.

– Parfait ! enchaîne le professeur. Vous avez carte blanche. Je vous demande juste

d'agir discrètement. Il y a quelque chose de louche là-dessous. Personne ne doit savoir que vous vous rendez sur place. C'est ainsi que nous aurons les meilleures chances d'éclaircir ce mystère et de coincer les coupables. J'ai demandé à Miss Klay de recharger les batteries de vos navettes. Vous pouvez vous envoler immédiatement pour l'Australie. J'informerai vos familles.

Ce qui arrive à ces dauphins est affreux. Le professeur a eu raison de nous appeler à la rescousse. Je n'ai plus aucun regret d'avoir laissé ma part de dessert.

Je déclare avec entrain :

– Comptez sur nous !

– Oui, dit Lisa, nous ferons le maximum pour comprendre ce qui se passe.

Le professeur nous adresse son étrange sourire, déformé à cause de sa cicatrice.

– Lorsque je vous ai choisis pour devenir Bionautes, souffle-t-il, j'avais conscience que vous étiez exceptionnels. Pourquoi ? Parce que vous êtes passionnés par la nature et les animaux. C'est de là que viennent votre volonté et votre courage. J'espère que vous continuerez encore long-temps à vouloir protéger tout ce qui vit ! C'est un comportement plein d'avenir !

Tandis que je bombe le torse de fierté, le professeur ajoute, en nous accompa-gnant vers la sortie :

– Cette pollution est vraiment bizarre, faites attention à vous !

Être Bionaute est parfois dangereux ; Lisa et moi connaissons les risques.

Je réponds :

– Rassurez-vous, nous sommes bien entraînés. Il ne nous arrivera rien.

À cet instant précis, je me prends les pieds dans le tapis et je me fracasse le nez par terre.

4
Vol plané
et acrobaties !

Lorsque nous revenons aux navettes, après un passage à l'infirmerie, j'ai du coton dans chaque narine. Miss Klay a mis la dose ! Les morceaux sont si gros que j'ai presque une moustache de père Noël. Lisa n'arrête pas de rire.

– Excuse-moi, glousse-t-elle. Parfois, tu es vraiment trop drôle !

Je marmonne entre mes dents :

– Oh, c'est bon, j'ai juste trébuché. Ça peut arriver à tout le monde !

Le mieux est de changer de sujet. Comme je sais que ma coéquipière aime piloter, je lui demande :

– Tu ne trouves pas qu'utiliser deux navettes serait du gaspillage d'énergie ? Je pourrais peut-être monter dans la tienne ?

– Pourquoi pas ? répond-elle en cessant enfin de rigoler. J'espère juste que tu as l'estomac bien accroché. Tu sais comment je vole...

C'est vrai que son style est très sportif, mais j'adorerais bavarder avec elle durant le trajet, alors je réponds :

– T'inquiète ! Le temps de récupérer mon crémeux aux pommes, de prendre ma combinaison bionautique, et on décolle !

Une surprise m'attend : ma navette est toujours au sol, mais ma part de gâteau, elle, s'est envolée. À la place, il n'y a plus qu'un post-it.

Cher Noé,
Merci pour le gâteau.
C'est gentil d'avoir pensé à moi !
Miss Klay

Je rejoins Lisa en traînant les pieds.

– Tu en fais, une tête ! s'étonne-t-elle. Qu'est-ce qui t'est encore arrivé ?

– J'avais posé ma part de crémeux aux pommes près des batteries. Miss Klay a cru que c'était pour elle. C'est la deuxième fois en moins d'une heure que mon dessert préféré me passe sous le nez! Un nez farci de coton, en plus. Quel anniversaire!

Lisa hausse les épaules:

– Arrête de te plaindre! Nous partons en mission pour sauver des dauphins. N'est-ce pas une chance extraordinaire?

Elle a raison. J'enlève l'ouate de mes narines, enfile mon casque et boucle ma ceinture.

Une seconde plus tard, Lisa décolle... À LA VERTICALE!

Je hurle:

– Hé! C'est en Australie que nous allons, pas sur la lune!

– Pas de panique, répond-elle. Moi aussi, je suis entraînée!

Elle me glisse un clin d'œil et pousse les moteurs à fond. L'accélération est si forte que mon estomac me descend dans les talons. C'est seulement au bout de quinze secondes que Lisa nous remet à l'horizontale et que mon tube digestif reprend sa forme et sa position normales. J'ai eu une telle frousse que je dois être aussi blanc qu'un fantôme. Lisa, par contre, est aussi détendue que si elle venait de faire une promenade à vélo.

– J'entre les coordonnées de notre destination dans le pilote automatique, annonce-t-elle en pianotant tranquillement sur le clavier de bord. Dès que nous aurons rejoint l'océan Atlantique, nous passerons en vitesse supersonique. Si tout va bien, nous serons sur place dans dix heures. Le mieux que nous ayons à faire est de manger quelque chose et de nous reposer pour prendre un maximum de forces.

Normalement, chaque navette contient des rations de nourriture en sachet, identiques à celles des astronautes. Ces plats tout préparés sont excellents. Je découvre cependant que quelqu'un a changé le contenu du placard.

– Lisa, Miss Klay ne s'est pas occupée que des réservoirs et de mon dessert. Elle s'est aussi chargée des provisions. D'après les étiquettes, nous avons le choix entre *Hachis de banane à la mayonnaise* ou *Haricots rouges au chocolat blanc*. Tu préfères quoi ?

– Beurk! fait ma coéquipière avec une grimace de dégoût. Les deux doivent être infects! Comment peut-elle imaginer des recettes pareilles?

– Elle doit être un peu extraterrestre, dis-je. Ah! Il y a aussi un sachet de *Soupe à la tonte de gazon*. C'est peut-être le moins horrible des trois, tu veux essayer?

– Non merci, répond Lisa. Je suis végétarienne mais je laisse l'herbe aux limaces.

Je referme le placard, et, d'un commun accord, nous allons nous coucher. Nos ventres sont vides, mais mon cœur frémit à l'idée de rencontrer demain de véritables dauphins!

5
Première métamorphose

Lorsque je me réveille, neuf heures plus tard, Lisa a repris les commandes manuelles. Nous survolons une immensité liquide, tranquille et bleue, qui scintille au soleil.

– Noé, voici l'océan Pacifique, annonce ma coéquipière. Il a été nommé ainsi par le navigateur Magellan lorsqu'il l'a traversé en 1520, lors du premier tour du monde de l'histoire de l'humanité.

Je consulte les écrans de bord. Nous ne sommes plus qu'à trente kilomètres de la plage australienne où les dauphins s'échouent.

Je propose :

– Pourquoi ne pas commencer notre enquête maintenant ?

Lisa acquiesce et réduit la vitesse. Puis elle sort les flotteurs, et la navette se pose doucement sur l'eau.

Nous quittons le poste de pilotage pour enfiler nos combinaisons bionautiques. Elles ressemblent à des tenues de plongée de couleur argentée, mais le tissu qui les constitue est plus épais et très particulier. Il est gélatineux, et truffé d'électronique. En plus, il est vivant : cela signifie que si on le coupe, il saigne, puis il forme une croûte et il cicatrise.

Dès que je suis en tenue, j'ouvre le sas qui donne sur l'extérieur. Je contemple un instant l'océan qui nous entoure et

je sens ma gorge se serrer. Les choses sérieuses commencent !

Je demande à Lisa, qui finit de s'équiper :

– En quelle espèce nous transformons-nous ?

– Pourquoi pas en tursiops ? suggère-t-elle. C'est un dauphin rapide. Il est capable de rester une quinzaine de minutes sous l'eau, alors que les autres espèces ne tiennent que cinq minutes sans respirer. Ce sera plus pratique si nous devons inspecter le fond.

J'approuve d'un signe de la tête et je me remémore les trois points essentiels lorsqu'on est Bionaute.

1) La combinaison ne permet que sept transformations. Ensuite, il faut la régénérer chez le professeur Groscerveau.

2) En état de métamorphose, il est impossible d'enlever la combinaison. Il faut se transformer en soi-même pour retrouver son corps normal.

3) La communication avec la combinaison se fait par la pensée – on appelle cela la « télépathie ». Ainsi, pour se métamorphoser, il suffit de songer très fort au nom scientifique de l'espèce en laquelle on veut se changer.

Lisa et moi fermons donc les yeux et pensons de toutes nos forces :

« *Tursiops truncatus* ! »

Nos combinaisons transmettent aussitôt cette image à notre cerveau :

Demande de métamorphose en :

Tursiops truncatus
Dauphin bleu

Longueur : 3 mètres
Poids : 300 kilogrammes
Longévité : jusqu'à 60 ans
Vitesse de pointe : 30 km/h

Options ? / Validation ?

Nous validons par la pensée et nous sautons aussitôt dans l'eau. Le temps d'atteindre l'océan, *FLOP!* nos corps d'humains sont devenus des corps de dauphins.

6
Des sensations incroyables !

Ma première impression dans mon nouveau corps, c'est d'être à l'étroit, un peu comme si j'avais les jambes et les bras coincés dans un sac de couchage. Ensuite, je m'aperçois que je suis en train de couler. Il faudrait que je remonte à la surface pour respirer, mais il m'est impossible de nager le crawl ou la brasse. C'est normal : mes bras sont transformés en courtes nageoires orientées vers l'arrière. On les appelle des « battoirs ». À la place de mes jambes, j'ai une grande palme unique horizontale, c'est ma « nageoire caudale ». Je peux la remuer en contractant tour à tour le ventre et le dos.

Je regarde autour de moi. Les dauphins ne voient pas les couleurs, et tout m'apparaît en noir et blanc. L'eau est un peu trouble, mais, au-dessus de ma tête, la surface scintille. Pour la rejoindre, je dois apprendre à utiliser mon corps de dauphin. Je me concentre pour agiter ma nageoire caudale avec plus de force, et, aussitôt, je commence à avancer. C'est un bon début, sauf que, au lieu de remonter, je pique droit vers le fond. Comment font les dauphins pour changer de direction ?

Le plus important lorsqu'on se transforme en un animal, c'est de se laisser envahir par son instinct, c'est-à-dire sa « façon de penser ». Les mouvements et les comportements deviennent alors naturels.

Ça y est! J'ai trouvé! Il suffit de faire pivoter mes battoirs vers le haut! Je remonte enfin vers la surface.

Tout à coup, une ombre me coupe la route. C'est Lisa! Nous ne pouvons plus parler avec notre bouche, mais les combinaisons permettent de communiquer par la pensée.

« Alors, lance-t-elle, tu as du mal à nager? »

Aussi à l'aise dans l'océan qu'aux commandes de sa navette, elle décrit à toute allure un large cercle autour de moi et se met à rire à la manière des dauphins. Le son parvient à mes oreilles, assourdi comme lorsqu'on met sa tête sous l'eau à la piscine. Par son « évent » – la narine qui se trouve au sommet de la tête des cétacés –, Lisa libère une guirlande de fines bulles. C'est ainsi que les dauphins manifestent leur joie.

J'ai
envie
de rire,
moi aussi.
J'ouvre la bouche,
et une sorte de crépitement sort de ma
gorge. Aussitôt, des images de Lisa apparaissent dans mon esprit. Ces images
sont incroyables : il n'y a pas de couleurs,
mais beaucoup de relief. C'est fou, en me
concentrant je peux même voir à l'intérieur de son ventre ! Aucun doute : je viens

de trouver comment
activer le sonar que les
dauphins utilisent pour s'orienter
sans les yeux! Je cliquette à nouveau et
je « vois » avec netteté ma coéquipière qui
s'éloigne. L'instinct des dauphins m'enva-
hit enfin, et tout devient évident.

En trois battements de nageoire, j'atteins la surface. J'ouvre mon évent pour prendre une bouffée d'air, je le referme et replonge à la poursuite de Lisa.

Où est-elle passée ? Je l'ai perdue de vue dans cette eau trouble, mais il me suffit de cliqueter pour savoir, grâce à mon sonar, qu'elle se trouve trente mètres à ma gauche. J'agite ma nageoire caudale avec force, bien décidé à la rattraper. Nom d'un espadon, quelle accélération ! Même un champion de natation ne pourrait avancer à cette allure ! Je file si vite que des bulles se forment à la pointe de mon museau et viennent, en chapelets, me chatouiller les joues.

C'est fantastique ! Je me sens soudain si heureux ! Et je devine pourquoi les dauphins jouent volontiers à faire des acrobaties : ils sont d'un naturel joyeux et veulent profiter de la vie !

J'augmente ma vitesse et parviens à talonner Lisa, mais elle accélère encore, me distance à nouveau, puis s'arrête dix mètres devant moi. Je ralentis, tente de m'approcher, mais elle redémarre de plus belle avant de s'immobiliser un peu plus loin.

Qu'est-ce qu'elle fabrique ? Oh, je crois que j'ai compris : elle aussi est gagnée par la joie de vivre des dauphins et elle a envie de s'amuser. J'émets un long sifflement, et ensemble, nous remontons vers la surface scintillante. Whaou ! Nous venons de passer au travers ! Nous voilà dans les airs ! Nous retombons en produisant chacun un *PLOUF !* gigantesque.

Nager avec un corps de dauphin est une expérience extraordinaire ! Lisa et moi recommençons à sauter hors de l'eau, en essayant cette fois d'exécuter des acrobaties : des vrilles et des chandelles. Elle réussit même un saut périlleux !

Nous nous amusons tant que je ne prête plus attention à rien, pas même à mon sonar. Pourtant, quand on est un dauphin et que l'on nage dans les eaux australiennes, la distraction est une grave erreur...

Une masse grise, soudain, apparaît à ma gauche. Elle est énorme et fonce droit sur ma coéquipière. Je vois s'ouvrir une gueule immense, garnie de centaines de dents. Je hurle à Lisa par télépathie :

« Un grand requin blanc ! »

Lisa l'aperçoit à son tour et se fige de terreur. La bête mesure deux fois sa taille. Ma coéquipière n'a plus le temps de se sauver. Nom d'une tortue, elle est perdue !

7
Sauvés
par l'instinct!

Mortellement blessée, sans espoir de revenir dans son corps... voilà ce qui serait arrivé à Lisa. Mais une chose inouïe se produit : je pense tout à coup à la manière d'un véritable dauphin. Et, au lieu de prendre la fuite pour éviter d'être attaqué, je m'élance vers le requin de toute la force de ma nageoire. Notre agresseur est pourtant un vrai monstre. Il mesure dans les six mètres de long et il est bien plus puissant que moi. Ai-je une chance de sauver Lisa?

Une fraction de seconde avant que la terrible gueule ne se referme sur mon amie, je percute la bête de plein fouet avec la pointe de mon museau. Mon coup ne lui aurait rien fait si j'avais frappé au hasard. Seulement, j'ai visé son point faible : les fentes branchiales. Ce sont des ouvertures, situées juste derrière la tête, que les requins utilisent pour respirer. Cette zone est très sensible !

Sous le choc, la bête se courbe de dou-leur, et, plutôt que de couper Lisa en deux, ses mâchoires aux dents plus tranchantes que des rasoirs se referment sur le vide.

Mon assaut a été utile, mais je sais que le requin va se ressaisir. Si je veux éviter qu'il s'en prenne à moi, je ne dois pas le laisser souffler. Tandis que ma coéqui-pière s'enfuit, je fonce une nouvelle fois sur lui. Il redoute tant que je le frappe

encore au niveau des fentes branchiales qu'il prend ses nageoires à son cou et disparaît dans les profondeurs.

Je m'écrie :

« On a gagné ! »

Je rejoins Lisa. La pauvre est tremblante de peur. Grâce à mon sonar, je vois que son cœur bat à toute allure.

« Tu m'as sauvé la vie », murmure-t-elle par télépathie.

Je réponds :

« L'avantage sous l'eau, c'est qu'il n'y a pas de tapis pour se prendre les pieds dedans ! »

Elle s'avance et me dépose sur le bout du museau un délicieux bisou. Mon cœur se met aussitôt à palpiter aussi fort que le sien !

C'est alors qu'un banc de sardines argentées passe en dessous de nous. Mon instinct de dauphin me crie aussitôt : « Nourriture !

Nourriture ! » C'est vrai que je n'ai rien mangé depuis la veille, et j'ai une faim de baleine ! Je m'élance à la poursuite de mon petit déjeuner. Cependant, les poissons aussi ont envie de vivre. Et, en restant bien serrés les uns contre les autres, ils virent ensemble dans tous les sens, espérant m'échapper. Hélas pour eux, je suis plus rapide. Je happe l'un d'eux et l'avale la tête la première, sans même mâcher.

Lisa, qui a tout vu, me rejoint en faisant la grimace.

« Tu l'as avalé tout cru ? C'est... DÉGOÛTANT ! »

Je me défends :

« J'ai simplement agi comme un dauphin ! Qu'est-ce que tu aurais voulu ? Que je le cuise au barbecue ? Je me vois mal allumer un feu au fond de l'océan. Et puis, quand on est transformé, les goûts changent. Ce poisson cru m'a semblé aussi succulent qu'une crème glacée ! Tu n'as qu'à essayer... »

« Non, merci ! répond-elle. Je préfère les légumes ! »

Après tout, chacun ses goûts ! Je repars tranquillement à la pêche et me régale d'une dizaine d'autres sardines. Lorsque je suis rassasié, je regagne la surface pour faire le point et respirer.

Lisa m'a attendu pendant tout ce temps. Elle me gronde à moitié :

« Maintenant que *monsieur* a le ventre bien rempli et que nous sommes à l'aise dans nos nouveaux corps, il serait peut-être temps de débuter notre enquête, non ? »

J'acquiesce par quelques bulles, et nous prenons la direction de la plage sur laquelle s'échouent les dauphins.

8
Rencontre
entre dauphins

Durant une heure, nous fendons les flots en direction de la côte. De temps en temps, nous sortons notre évent de l'eau pour respirer. Nous progressons aussi vite qu'un voilier, sans ressentir la moindre fatigue. C'est même très agréable de nager à cette allure, car l'eau procure une délicieuse caresse sur la peau. Et la peau des dauphins est douce et très sensible.

Plus nous approchons du fleuve, et plus l'eau devient vaseuse. Lisa et moi ne distinguons bientôt plus rien avec nos yeux.

Heureusement, nous avons notre sonar ! Avec lui, aucun souci pour « voir » à travers l'eau trouble.

Nous sommes presque arrivés lorsque, tout à coup, nous entendons des sifflements de dauphins. Nous cliquetons et découvrons que les cris proviennent de deux tursiops qui tournent en rond, à quelques centaines de mètres de nous. C'est étrange : au lieu d'émettre leurs sifflements joyeux habituels, ils produisent un chant triste, qui me donne envie de pleurer.

Dans la nature, les tursiops vivent en groupe. Normalement, quand ils croisent des dauphins inconnus, ils sont intrigués. Ils approchent pour faire connaissance et jouer. Les spécialistes pensent que leurs sifflements sont un vrai langage. Bien sûr, ils ne discutent pas football ou jeux vidéo, mais ils se racontent sans doute d'où ils viennent et ce qu'ils désirent.

Lisa et moi décidons d'aller à la rencontre des deux tursiops. Je détecte qu'ils sont de taille différente. Le plus grand est une femelle et le plus petit est sans aucun doute son bébé.

C'est la première fois que je croise de vrais dauphins ; je me sens à la fois ému et intimidé. Allons-nous pouvoir les comprendre et leur « parler » grâce à notre transformation ? Depuis des millions d'années, ils sont les princes des océans. Pourtant, ces deux derniers siècles, les humains les ont massacrés, affamés et empoisonnés. Que vont-ils nous raconter ? Peut-être sont-ils fâchés contre les hommes, qui leur ont fait tant de mal ?

Si je veux réussir à communiquer avec eux, il faut que je laisse l'instinct des dauphins m'envahir au maximum. Je dois oublier que je suis un humain, oublier

que je m'appelle Noé et penser que je suis un vrai dauphin.

Je me concentre et siffle pour essayer de dire dans leur langue : « Bonjour, les amis ! Que se passe-t-il ? »

La mère et le bébé tursiops continuent de pleurer et de tourner en rond sans s'occuper de nous.

Lisa tente à son tour de communiquer : « Nous sommes venus de loin pour vous aider. Pourquoi êtes-vous si tristes ? »

Cette fois, la femelle émet une série de notes différentes. C'est extraordinaire ! Grâce à ma transformation, je peux la comprendre ! Ce ne sont pas des phrases en français, mais c'est très clair ! Elle vient de dire quelque chose comme : « Je douleurs. Je malade. Je préférer mourir. »

Et elle prend tout à coup la direction du rivage, suivie par son petit.

Je m'exclame :

«Nom d'un requin tacheté, ils partent s'échouer!»

Lisa et moi nous lançons à leur poursuite en leur criant dans leur langage: «Non! Ne faites pas ça! S'il vous plaît, arrêtez! Revenez vers le large!»

Mais la femelle ne ralentit pas. Et bientôt, emportés par les vagues, son petit et elle sont poussés vers la plage. La houle est forte et dangereuse. Nous risquons de nous échouer avec eux. Je refuse pourtant de rester sans rien faire. Je lutte de toutes mes forces contre les rouleaux de mer pour m'approcher le plus possible de la mère et de son bébé. Puis je siffle: «Ne restez pas là! C'est l'eau du fleuve qui vous empoisonne. Venez avec nous vers le large! Vous irez mieux.»

Lisa me rejoint malgré les vagues furieuses et ajoute: «Quittez cet endroit! Sauvez votre petit!»

La femelle ne répond pas. Elle est si près du bord que son ventre frotte sur le sable. Catastrophe ! Nous ne parviendrons plus à la sauver.

Tout à coup, elle chante une nouvelle série de notes : « Eau fleuve mauvaise ? Vous certains ? »

Lisa répond : « Certains ! Quittez cet endroit et, dans quelques jours, vous serez guéris ! »

La femelle hésite un instant, puis, en quelques grands coups de nageoires, elle fait demi-tour et repart en direction de l'océan en appelant son bébé.

Malheureusement, il est encore très petit et bien moins adroit que sa mère. Malgré ses efforts, il n'arrive pas à la rejoindre. Les puissantes vagues le font rouler sur le côté et l'entraînent sur le sable. Si nous n'intervenons pas, il va absorber de l'eau par son évent et se noyer !

Lisa et moi, nous nous précipitons au secours du bébé dauphin. Au risque de nous échouer, nous l'entourons et, entre chaque rouleau, nous le soulevons avec notre museau pour lui permettre de respirer. Ensuite, nous joignons nos forces et nous le poussons doucement jusqu'à sa maman.

Enfin, la mère et son bébé sont réunis !

Nous les regardons partir ensemble vers le large. Je n'en reviens pas. Nous les avons sauvés !

9
Une découverte brûlante !

Je suis heureux et fier d'avoir secouru deux dauphins, mais notre mission n'est pas finie. Je dis à Lisa :

« Tant que la pollution existera, des dauphins s'échoueront. Nous devons trouver d'où viennent les produits chimiques qui les empoisonnent. »

« À cause de l'eau vaseuse, les plongeurs n'ont rien vu, rappelle-t-elle. Mais nous, nous possédons un sonar ! »

Nous rejoignons le fleuve, puis nous plongeons à la recherche de quelque chose d'anormal. Par endroits, le fond ressemble à une poubelle. Il y a des pneus, des bouteilles, des sachets en plastique... Nous trouvons même deux carcasses de machines à laver. Ces déchets abîment la nature, mais ce n'est pas à cause d'eux que les dauphins sont malades.

Alors que l'eau est de plus en plus boueuse et le courant puissant, Lisa lance tout à coup :

« Noé, j'ai peut-être quelque chose ! Regarde dans la direction indiquée par mon museau. »

Je cliquette et j'aperçois avec mon sonar une plaque grillagée posée à plat sur la vase. Elle n'est pas très large, à peine de la taille d'un cahier d'écolier. Nous descendons afin d'inspecter de près ce curieux objet. C'est étrange : cette plaque est reliée à un tuyau en plastique. Il en

sort un liquide transparent qui monte en
chandelle vers la surface.

Je m'avance pour goûter cette eau.
Je recule aussitôt en hurlant de douleur.
Lisa s'écrie :

« Noé, qu'est-ce que tu as ? »

Je réponds :

« C'est bourré de produits chimiques ! Mes yeux et ma peau me brûlent ! »

La peau d'un dauphin est extrêmement sensible. J'ai si mal que j'en bois la tasse et me mets à étouffer. Je ne parviens même plus à cliqueter. Perdu dans l'eau boueuse, sans sonar, à trente mètres de profondeur, je n'ai aucun moyen de savoir dans quelle direction nager pour rejoindre la surface. Je dois pourtant aspirer de l'air de toute urgence, sinon je vais me noyer.

Je sens alors que ma coéquipière se place en dessous de moi et, comme les dauphins savent le faire pour s'entraider, elle me pousse avec son dos en direction de la surface.

Il faut du temps pour remonter. Je manque de plus en plus d'air et tousse de plus en plus fort.

Lisa m'encourage :

« Tiens bon, Noé ! Tiens bon ! »

Il faut que je résiste ! Il le faut !

Enfin, mon évent sort de l'eau. J'inspire une grande bouffée d'air.

« Ça va ? » m'interroge Lisa.

Je bredouille, en retrouvant peu à peu mon souffle :

« Oui, mais j'ai eu chaud. »

« Et tes brûlures à cause des produits chimiques ? »

« Ça commence à passer. J'ai de la chance d'avoir reculé aussitôt. »

« J'ai eu très peur pour toi », avoue Lisa.

« Moi aussi, dis-je, mais il faut y retourner. »

« Tu ne veux pas te reposer un peu ? »

« Non. Quelqu'un a installé cette grille pour déverser en cachette des produits chimiques dans l'océan. Ces substances polluent les poissons. Les dauphins qui mangent ces poissons à longueur de journée sont contaminés à leur tour.

Des dizaines de dauphins et des milliers d'autres animaux sont en danger de mort. Nous devons découvrir au plus vite l'origine de ces produits. »

« D'accord ! déclare Lisa. On y retourne, mais faisons très attention ! »

Nous replongeons côte à côte. Le pollueur a enterré son tuyau afin que personne ne puisse le repérer. Grâce à notre sonar de dauphin, nous détectons cependant le plastique, même sous la vase. Lisa et moi suivons cette piste sur plus de sept kilomètres en remontant chaque fois que nécessaire pour respirer.

Nous aboutissons à un port situé sur le fleuve. En sortant la tête à l'air libre, nous apercevons des quais en béton, des ferries, des cargos.

Un peu plus loin, le long du cours d'eau, se trouvent de nombreux bâtiments industriels.

Lisa murmure :

« À coup sûr, c'est l'une de ces usines qui a installé le tuyau pour éliminer ses déchets toxiques. »

Le soleil est en train de se coucher sur l'horizon. Sous l'eau, la lumière faiblit. Une fois de plus, nos sonars nous permettent de « voir », et nous continuons à longer le tuyau dans l'espoir qu'il nous mène au coupable. Hélas, le tube disparaît sous un quai entouré de nombreuses constructions.

« Mince ! dis-je. Comment savoir de quel bâtiment il provient ? »

« Regarde ! » répond Lisa.

Du museau, elle me désigne une sortie d'égout en béton, qui s'enfonce sous le même quai. Je cliquette et « vois » que le tuyau en plastique passe juste à côté.

« On pourrait peut-être continuer par là », propose-t-elle.

Nous replongeons aussitôt.

10
Une mission dangereuse

Plus question de se brûler la peau avec des produits chimiques. Prudemment, cette fois, j'avance mon museau pour « goûter » l'eau. Elle sent les égouts. Je suis écœuré par la mauvaise odeur, mais je ne ressens aucun picotement.

« Ça devrait aller », dis-je.

Nous prenons une énorme inspiration et nous nous engouffrons dans la canalisation. Il faut vraiment être prêt à tout quand on est Bionaute ! Le passage est étroit ; les extrémités de mes nageoires frottent sur les parois. Pour éviter de nous blesser, nous sommes obligés de nager au ralenti. Je presse Lisa qui est devant moi en lui effleurant la nageoire.

« Garde ton calme, me conseille-t-elle par télépathie. Plus tu paniques, plus vite tu manqueras d'air. »

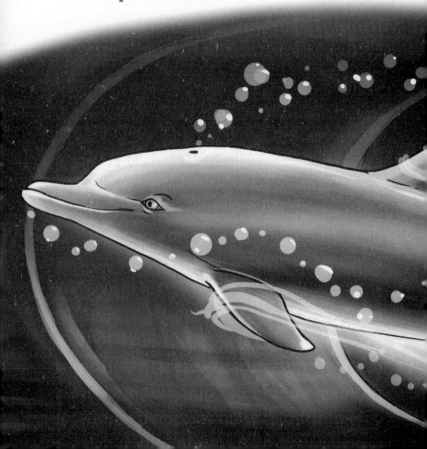

D'accord, mais comment rester détendu dans un endroit pareil? Il n'y a même pas la place pour faire demi-tour. Comment ressortirons-nous si nous aboutissons à un grillage ou à une pompe? Parviendrons-nous à reculer? Par chance, aucun obstacle ne nous arrête.

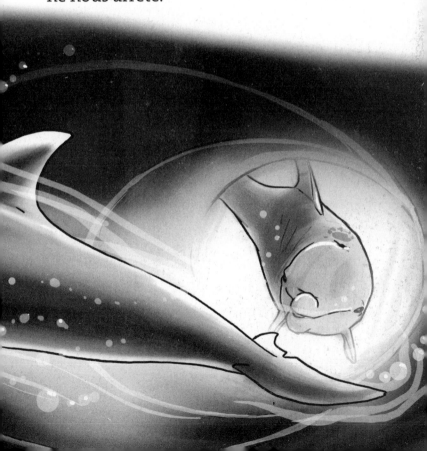

Nous débouchons dans un bassin de rétention, une sorte de piscine où les eaux sales s'accumulent. Ma coéquipière et moi risquons un coup d'œil au-dessus de la surface. Les dauphins voient assez bien hors de l'eau ; il y a juste un léger flou, dû à une sorte de gel qui tapisse nos yeux pour les protéger. Nous découvrons ainsi que nous ne sommes plus à l'air libre, mais dans un entrepôt éclairé, rempli de cuves métalliques.

Lisa s'exclame :

« Noé ! Le tuyau suspect débouche juste à côté. Il est relié aux cuves. Nous avons trouvé l'usine des pollueurs ! »

Au fond, je distingue également une dizaine de formes allongées et massives.

« Et là, dis-je, il y a les camions-citernes qui servent à transporter les produits ! »

Il est tard, la nuit vient de tomber. L'entrepôt devrait être désert. Pourtant, de nombreuses silhouettes s'agitent avec de grands cris autour des véhicules.

« Qu'est-ce qu'on fait ? » m'interroge Lisa.

Si mon amie est imbattable en pilotage et en connaissance des animaux, mon point fort à moi, c'est l'intuition. Le professeur Groscerveau a même dit un jour : « Toi, Noé, tu n'as pas besoin de truffe pour avoir du flair ! » Et ce flair me murmure à l'oreille qu'il se passe quelque chose d'anormal dans cet entrepôt.

« On pourrait rejoindre la navette et alerter le professeur, dis-je. Mais un détail me tracasse. »

« Lequel ? » demande Lisa.

« Les employés de cette usine semblent très excités. »

« Tu as raison, reconnaît Lisa. On les entend crier jusqu'ici. »

Je comprends soudain pourquoi ils s'activent ainsi :

« Ils vont vider les cuves ! Ils doivent se douter que la police enquête sur les dauphins qui s'échouent. Ils veulent effacer les preuves. Je parie que, dans moins d'une heure, ils auront tout emporté. »

« Il restera le tuyau en plastique dans le fleuve », objecte Lisa.

Je réponds :

« C'est vrai, mais ce qui est interdit, ce n'est pas de mettre un tuyau, c'est de l'utiliser pour rejeter des produits chimiques. Si les pollueurs le nettoient avec de l'eau propre, la police ne pourra rien contre eux. Et personne ne sera condamné. »

Je réfléchis un instant et ajoute :

« Nous devons apprendre à qui sont ces véhicules et apporter une preuve au professeur ! »

Mon plan est risqué. Lisa met du temps à se décider.

« D'accord. On reprend notre apparence normale et on se faufile discrètement jusqu'aux camions. »

Sans attendre, nous pensons très fort :

« Démétamorphose ! »

Aussitôt, nous retrouvons notre forme humaine.

Ensuite, sans enlever notre combinaison bionautique, Lisa et moi sortons de l'eau et grimpons sur une passerelle métallique qui mène au-dessus des camions. Juste en dessous de nous, l'un des employés ordonne d'une voix grave :

– On se presse ! Tous les déchets doivent être évacués ! D'autres véhicules arrivent pour remplir les cuves avec des produits autorisés.

J'avais raison ! Ils transfèrent le contenu des citernes.

Lisa me glisse à l'oreille :

– Pas question de les laisser s'en tirer ! On va descendre sur le toit du premier camion. De là, on se faufilera dans la cabine et on cherchera des papiers qui peuvent servir de preuves.

À l'intérieur du véhicule, notre attention est attirée par des feuilles posées sur le siège passager. Lisa et moi reconnaissons immédiatement le sigle bicolore imprimé en haut des documents.

– Noir, bleu, noir : le logo de la Kémico !

La Kémico est la plus grande, la plus puissante et la plus riche entreprise du monde. Elle fabrique du plastique, des médicaments, des produits pour les agriculteurs, du carburant... Normalement, ces produits sont utiles, mais la Kémico a trop souvent été accusée d'abîmer la nature. Le professeur assure que des millions d'animaux ont disparu à cause de ses activités. Par manque de preuves, la Kémico n'a jamais été condamnée.

– Visiblement, dis-je en serrant les poings, la Kémico a choisi une fois de plus de polluer !

– Mais pourquoi ? demande Lisa.

– Parce que ne pas polluer coûte cher. La Kémico économise beaucoup d'argent en laissant s'écouler ses déchets dans la nature au lieu de les recycler proprement.

– Sauf qu'au final, enchaîne Lisa, c'est notre jolie planète et les pauvres dauphins qui paient l'addition ! Les dirigeants de la Kémico devraient avoir honte de ce qu'ils font.

Sur les papiers figurent l'adresse de l'entreprise, les noms des responsables et la liste des produits transportés. J'en lis quelques-uns à voix haute :

– Lindane, bisphénol A, phtalates...

J'adore la chimie et j'ai entendu parler de ces substances aux noms compliqués. Toutes sont dangereuses pour la santé et interdites depuis des années.

Je déclare :

– Avec une preuve aussi solide, la Kémico va enfin être condamnée.

Lisa me répond avec une mine soucieuse :

– Filons d'ici ! Ces gens empoisonnent la planète sans aucun remords, juste pour gagner plus d'argent. Ils doivent être capables de tout. Ils pourraient nous faire du mal, s'ils nous trouvent ici...

Je n'ai pas le temps d'approuver qu'une voix d'homme hurle dans mon dos :

– Hé ! Qu'est-ce que vous fichez là ?

Nom d'un bœuf musqué, nous sommes repérés !

11
Sauve
qui peut!

L'homme qui vient de crier est barbu et gigantesque. Ni Lisa ni moi ne l'avons entendu approcher. Il tend l'une de ses énormes mains pour m'agripper. J'ai juste le temps de reculer, de glisser les documents dans une poche de ma combinaison et de crapahuter avec Lisa sur le toit du camion.

Furieux qu'on lui échappe, l'homme braille avec la force d'un ours des cavernes :

– Fermez toutes les issues ! Deux gosses déguisés en martiens viennent de me voler mes bordereaux de livraison !

Talonnés par ce géant, nous grimpons sur la passerelle métallique et prenons la fuite vers le bassin des égouts.

– Appelez les gardes et suivez-moi ! ordonne un autre homme. On va leur barrer le chemin en bas des escaliers !

Je crie à Lisa :

– Nous allons être coincés !

– Non, fait-elle. Suis-moi !

Au lieu d'aller jusqu'aux escaliers, elle franchit le garde-fou de la passerelle et s'engage sur l'une des poutrelles métalliques qui soutiennent la charpente de l'entrepôt.

Elle ajoute :

– Surtout, ne regarde pas en bas !

Trop tard ! Je viens de le faire ! Nous sommes à plus de sept mètres au-dessus du sol. On n'a pas intérêt à perdre l'équilibre : on s'écraserait par terre comme des œufs ! Même le géant n'ose pas nous suivre. En bas, un homme habillé en costume cravate nous crie :

– Oh, les mômes, cessez votre cirque ! Vous allez tomber ! On ne vous fera pas de mal, on veut juste que vous nous rendiez les papiers.

Croyez-moi, il ne faut jamais faire confiance à un ennemi de la nature, car être mauvais avec la planète, ça revient à être mauvais avec les hommes. Tels deux funambules, Lisa et moi continuons donc d'avancer jusqu'au-dessus du bassin. Misère ! Il va falloir sauter dedans. Quand je plonge d'aussi haut à la piscine, j'ai toujours de l'eau qui me rentre dans le nez. C'est pourtant la seule issue ; nous ne pouvons pas nous métamorphoser à la vue de nos poursuivants.

Lisa me chuchote :

– Dès que nous serons sous l'eau, nous nous changerons en *Cephalorhynchus hectori*. C'est l'espèce de dauphin la plus petite qui existe. Ce sera parfait pour nager dans le tuyau. En plus, il est extrêmement rapide et très joli !

Joli ? Comment Lisa parvient-elle à se préoccuper de ce genre de détail dans notre situation ? Elle est vraiment incroyable ! Je réponds d'un signe de tête, et, sans avoir le temps de nous pincer les narines, nous bondissons ensemble dans le vide. Sept mètres plus bas, Lisa et moi disparaissons avec un grand *PLOUF !* sous la surface liquide. Nous activons aussitôt nos combinaisons bionautiques.

Demande de métamorphose en :

Cephalorhynchus hectori
Céphalorhynque d'Hector

Longueur : 1,4 mètres
Poids : 50 kilogrammes
Vitesse de pointe : 45 km/h
Durée des plongées : 5 minutes

Options ? / Validation ?

Je valide, et, transformés tous les deux en céphalorhynques d'Hector, nous nous enfuyons à fond les nageoires par la canalisation des égouts.

Deux minutes plus tard, nous sommes de retour dans les eaux libres du port.

Je soupire :

« Ouf, nous sommes tirés d'affaire ! »

« Je ne sais pas, nuance Lisa. Regarde vers le quai. »

Je cliquette dans cette direction et détecte une embarcation à moteur qui se dirige droit sur nous. Est-il possible qu'elle appartienne à la Kémico ? À ce moment précis, un son provenant du bateau et ressemblant à un énorme bruit de cloche retentit dans l'eau. *TING !* Les dauphins possèdent une ouïe fine. Ce tintement est si bruyant qu'il me fait l'effet d'une aiguille enfoncée dans chaque oreille.

« C'est le son d'un sonar militaire ! s'exclame Lisa. Ils ont dû voir que nous nous sommes transformés. Ils vont utiliser cet appareil pour nous suivre. »

Ma coéquipière se met à trembler et ajoute :

« Les sonars militaires sont si puissants qu'ils rendent les cétacés sourds. Il arrive même que des baleines et des dauphins en meurent assommés. Nous allons avoir beaucoup de mal à leur échapper. »

12
La Formule 1
des mers

De toute la force de nos nageoires, nous prenons la direction du large dans l'espoir de semer nos poursuivants. Nous avons beau nager le plus vite possible, le bruit des hélices du bateau se rapproche. Un second *TING!* me déchire les oreilles. Je crie à Lisa par télépathie :

« Ils sont trop rapides ! Nous devons nous transformer en un autre animal pour leur échapper ! Mais attention, si nous voulons retrouver nos corps humains, nous n'avons plus droit qu'à trois transformations. »

Lisa réfléchit avant de proposer : « On pourrait se changer en poissons. Le sonar du bateau n'aurait plus d'effet sur nous ! »

« En poissons ? Ces enragés sont capables de nous pêcher au filet et de nous faire griller ! »

« Pas si nous choisissons la bonne espèce », m'assure Lisa.

Il y a urgence : le bateau arrive sur nous ! Lisa prononce un nom latin que je ne connais pas :

« *Istiophorus platypterus* ! »

Je l'imite aussitôt et ma combinaison envoie une image incroyable à mon cerveau :

Demande de métamorphose en :

Istiophorus platypterus
Poisson-voilier

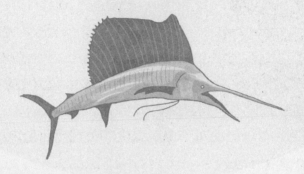

Longueur : 2,5 mètres
Poids : 80 kilogrammes
Longévité : inconnue
Vitesse de pointe : 110 km/h

Options ? / Validation ?

Où Lisa a-t-elle déniché ce poisson fabuleux? Il nage à 110 kilomètres/heure! C'est la vitesse d'une voiture sur l'autoroute! Je valide sans hésiter et je me retrouve instantanément dans un nouveau corps.

Deux choses me surprennent. D'abord, je n'ai plus de sonar, mais je vois mieux avec mes yeux. Malgré la nuit, je distingue le bateau de la Kémico. Ensuite, j'entends tout! Les hélices, les remous contre la coque, le frottement de l'eau sur ma peau... C'est comme si mon corps entier était une oreille.

L'instant d'après, trois *TING!* résonnent juste au-dessus de nous. Cependant, Lisa avait raison: le bruit ne fait plus mal.

« Cette fois, on met les voiles! » décrète-t-elle.

Bien dit! À condition toutefois de comprendre comment on nage avec le corps d'une telle bestiole. Le professeur nous l'avait expliqué : lorsqu'on est un poisson, à la différence des dauphins, il faut agiter la queue de droite à gauche, et non plus de haut en bas. Je me concentre et, en quelques mouvements de nageoires, j'atteins une vitesse à faire rêver n'importe quel dauphin. Waouh ! Place à la Formule 1 des mers !

« Ta voile te freine ! me crie Lisa devant moi. Tu dois la replier ! »

« Ma voile ? Quelle voile ? »

« Celle que tu as sur le dos : tu es un poisson-voilier, gros nigaud ! »

J'avais oublié ! Je cherche quel muscle je dois contracter et, dès que je l'ai trouvé, je parviens à accélérer encore. Nom d'une girafe ! Même si les poissons n'ont pas de cheveux, on peut dire que ça décoiffe !

Grâce à mes oreilles de poisson, j'entends le bateau de la Kémico qui pousse ses moteurs à fond dans l'espoir de nous rattraper. Je me mets à rire. Ils peuvent toujours rêver : nous sommes au moins deux fois plus rapides qu'eux ! Le bruit des hélices et du sonar militaire faiblit, jusqu'à s'évanouir dans le lointain. Cette fois, nous les avons semés ! Bravo, Lisa, ton idée était géniale !

Une demi-heure plus tard, nous sommes sains et saufs, à bord de notre navette. Je me dépêche de scanner au professeur Groscerveau les documents que nous avons pris dans le camion.

– Eh bien, soupire Lisa tout en rangeant sa combinaison bionautique, je crois que nous avons fait du bon travail !

– Je pense aussi, dis-je. Les dauphins d'ici ne seront plus empoisonnés. Et, dès que le professeur aura donné les documents à la police, la Kémico va avoir de gros ennuis avec la justice.

Lisa me répond par un grand sourire. Puis elle se rend à l'arrière de la navette et revient avec un air malicieux et... une part de crémeux aux pommes !

Je m'exclame :

– Ça alors ! D'où la sors-tu ?

– Je t'en avais gardé une autre pour te faire la surprise.

– C'est trop gentil! dis-je en prenant l'assiette.

Je vais chercher une cuillère et je m'installe sur le siège arrière pour déguster tranquillement mon dessert. Humm! Il a l'air excellent, avec des pommes caramélisées à point et une chantilly fraîche et brillante...

– Décollage dans quinze secondes! prévient Lisa en s'asseyant au poste de pilotage.

Au souvenir de notre décollage à Versailles, je suis saisi d'une angoisse et boucle ma ceinture en vitesse.

– Ne t'inquiète pas, me rassure Lisa, qui a deviné ma peur. Tant que tu manges ton crémeux, je ne ferai pas d'acrobatie.

Par prudence, je tiens quand même mon assiette à deux mains jusqu'à ce que nous ayons atteint notre altitude de croisière. Je lève alors ma cuillère, prêt à me régaler.

– Après l'effort, le réconfort ! dis-je.

Au même instant, la navette pique et effectue une vrille si rapide que je me crois tombé dans une machine à laver en train d'essorer !

Lisa redresse la navette et s'empresse de demander :

– Tout va bien ? Je suis désolée, j'ai dû éviter un goéland !

Je ne réponds pas. Tout va pour le mieux. Lisa est un pilote de choc. Je viens de recevoir mon dessert aux pommes en pleine poire. Il ne risque plus de me passer sous le nez !

Cher lecteur,
maintenant que tu as lu
Dauphins en péril,
tu es incollable sur les dauphins
et les poissons.
La preuve ?
Voici un petit questionnaire
VRAI ou FAUX.

1) Les dauphins doivent remonter régulièrement à la surface pour respirer.
 o Vrai
 o Faux

2) Un tursiops peut tenir quinze minutes en apnée, c'est-à-dire sans respirer.
 o Vrai
 o Faux

3) Les dauphins ne peuvent pas voir dans le noir.

o Vrai

o Faux

4) Un dauphin ne peut pas combattre un requin.
o Vrai

o Faux

5) Les dauphins parlent.
o Vrai

o Faux

6) Pour se remercier, les dauphins se font des bisous.
o Vrai

o Faux

7) Les poissons entendent des sons.
o Vrai

o Faux

8) Le poisson-voilier peut nager à la vitesse d'une voiture qui file sur l'autoroute.

o Vrai

o Faux

RÉPONSES

1) **VRAI**. Les poissons ont des branchies qui leur permettent de rester sous l'eau. Les dauphins, eux, ont des poumons, comme nous : s'ils respirent de l'eau, ils se noient. Lorsqu'ils plongent, ils retiennent leur respiration.

2) **VRAI**. Parmi les dauphins, ce sont eux qui peuvent plonger le plus longtemps et le plus profond.

3) **FAUX**. Les dauphins possèdent un sonar qui leur permet de « voir » dans le noir et même à l'intérieur des animaux

et des objets ! Les médecins utilisent d'ailleurs un appareil qui imite le sonar des dauphins pour regarder, par exemple, les bébés encore dans le ventre des mamans. On appelle cela une « échographie », et l'image est un peu semblable à ce que « voient » les dauphins.

4) **FAUX**. Les dauphins protègent les leurs contre les requins. Il est même arrivé que des dauphins repoussent un requin qui approchait dangereusement d'un homme. Incroyable, non ?

5) **VRAI**. Il est prouvé que les dauphins échangent des informations complexes grâce aux sons très variés qu'ils produisent. À ce jour, hélas, personne n'a réussi à traduire ce qu'ils se disent exactement. Personne, sauf les Bionautes, bien entendu !

6) **FAUX**. Ils n'échangent pas de bisous qui font *Smack!* Sous l'eau, ça ne serait pas facile. En revanche, ils adorent se caresser avec leur museau.

7) **VRAI**. Les poissons ont des « oreilles », mais elles sont différentes des nôtres. Au lieu d'être de chaque côté de la tête, elles s'étirent sur toute la longueur de leur corps. En regardant un poisson de près, on peut même les voir ; elles apparaissent sous la forme d'une mince ligne sombre appelée « ligne latérale ».

8) **VRAI**. Des barques sont parfois trans-percées par le « nez » de ces bolides, qui n'ont pas eu le temps de tourner pour les éviter. Faites attention à vos bateaux gon-flables lors de vos prochaines vacances à la mer !

Opération sauvetage

Retrouve Lisa et Noé dans une autre aventure
au cœur de la savane africaine !

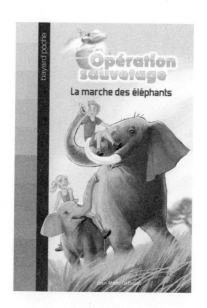

En nous voyant entrer, le professeur Groscerveau s'exclame :

– Approchez, mes amis ! Votre prochaine mission se déroulera en Afrique, plus précisément en Tanzanie. Voici les animaux que vous allez secourir...

Il allume son écran holographique, qui projette des images en 3D. Un décor de savane se forme devant nos yeux. On y aperçoit quelques arbres, un sol rouge couvert de hautes herbes sèches et un ciel bleu. Soudain surgissent trois éléphants magnifiques et trois éléphanteaux.

Je suis fascinée par ces images. Les éléphants m'ont toujours impressionnée. Je sais qu'avec leur peau grise, leurs larges pieds et leur trompe, ils sont moins trognons que des ours ou des koalas. Mais ils sont si grands, si forts que j'ai des frissons délicieux rien qu'à les regarder. Ce sont d'ailleurs les plus grands mammifères terrestres. En plus, ils sont extrêmement intelligents et très aimants avec leurs bébés.

Je remarque soudain que deux éléphanteaux marchent tendrement collés à leur maman. En revanche, le troisième suit derrière, seul. Mon cœur se serre en le voyant. Ce petit n'a vraiment pas l'air en forme. Il traîne les pattes, et sa trompe toute mignonne frotte par terre.

Je questionne le professeur :

– C'est ce bébé-là que nous allons aider ?

Le professeur hoche la tête :

– C'est une fille. Je l'ai surnommée Yatima. Ce mot signifie « orpheline » en swahili, la langue du pays. Sa mère est morte, il y a neuf jours. J'ignore comment.

– Pauvre petite ! murmure Noé.

Le professeur explique, l'air contrarié :

– Normalement, l'une des autres femelles devrait l'adopter. Mais, pour cela, il faudrait que le groupe vive dans le calme. Or, il y a un grave problème.

Impatiente, je demande :

– Lequel ?

– La mère de Yatima était la matriarche de ce groupe, c'est-à-dire le chef et le guide. Elle était la plus âgée et connaissait très bien les prairies et les sources de la région. Son rôle était indispensable, car même pendant la saison sèche, elle évitait de s'aventurer dans les champs des fermiers.

Les autres femelles sont ses filles. Elles sont plus jeunes et possèdent donc moins d'expérience. Du coup, elles ont pénétré dans les zones cultivées par les hommes et, depuis, elles causent de gros dégâts.

Je pense aux chèvres de mon père. Elles sont bien plus petites que des éléphants et elles peuvent déjà provoquer de vraies catastrophes. Alors, quand un groupe d'éléphants passe dans un champ de blé, ce doit être pire qu'une moissonneuse-batteuse ! Tout doit être avalé ou piétiné !

Je déclare :

– Les fermiers de la région sont sûrement furieux !

Le professeur confirme :

– Si nous n'intervenons pas, cette famille d'éléphants sera abattue à coups de fusil ou empoisonnée.

Noé s'indigne :

– Tuer des éléphants ? Non seulement c'est horrible, mais en plus c'est interdit. Ils font partie des espèces protégées !

– En effet, reconnaît le professeur. Cependant, les fermiers préfèrent payer une amende plutôt que de perdre leur récolte et risquer de mourir de faim ! On peut les comprendre. C'est donc pour sauver Yatima et éviter toutes ces catastrophes que j'ai fait appel à vous, les amis.

Le professeur a raison : nous devons agir. Mais comment ? Je réfléchis un moment en papillotant des yeux.

– Ce qu'il faudrait, dis-je, c'est un nouveau chef pour diriger le groupe !

Noé s'exclame aussitôt :

– Aucun problème ! Lisa et moi allons nous rendre sur place en navette. Ensuite, grâce à ma combinaison bionautique, je me transformerai en un majestueux éléphant mâle de quatre mètres de haut avec de superbes défenses. Je guiderai alors toutes ces malheureuses éléphantes et leurs petits vers un endroit sûr.

Et il ajoute en bombant le torse :

– Je suis sûr que ce rôle de chef m'ira parfaitement !

Je le fixe, époustouflée par son culot, puis j'éclate de rire.

– Qu'est-ce qu'il y a de drôle ? demande-t-il, surpris.

– Désolée, dis-je, mais tu ne vas pas convenir.

– Et pourquoi ça ?

– Parce que, chez les éléphants, les chefs, ce sont toujours des filles !

**« Retrouve Lisa, Noé
et de nombreux animaux en danger ! »**

1. Dauphins en péril

2. La marche des éléphants

3. La colère du tigre

4. Panique chez les orangs-outans

5. Mystère chez empereurs

6. Au secours des ours !

7. Alerte : loutre blessée !

8. Le chant des baleines

9. Sauvons les koalas !

*Cet ouvrage a été mis en pages
par DV Arts Graphiques à La Rochelle*

Imprimé en Espagne par Novoprint